너의 숲이 되어줄게

너의 숲이 되어줄게

2017년 7월 17일 초판 1쇄 | 2022년 12월 26일 35쇄 발행

지은이 애뽈
펴낸이 박시형, 최세현

마케팅 양근모, 권금숙, 양봉호, 이주형 **온라인마케팅** 신하은, 정문희, 현나래
디지털콘텐츠 김명래, 최은정, 김혜정 **해외기획** 우정민, 배혜림
경영지원 홍성택, 이진영, 김현우, 강신우
펴낸곳 시드앤피드 **출판신고** 2006년 9월 25일 제406-2006-000210호
주소 서울시 마포구 월드컵북로 396 누리꿈스퀘어 비즈니스타워 18층
전화 02-6712-9800 **팩스** 02-6712-9810 **이메일** info@smpk.kr

쌤앤파커스(Sam&Parkers)는 독자 여러분의 책에 관한 아이디어와 원고 투고를 설레는 마음으로 기다리고 있습니다. 책으로 엮기를 원하는 아이디어가 있으신 분은 이메일 book@smpk.kr로 간단한 개요와 취지, 연락처 등을 보내주세요. 머뭇거리지 말고 문을 두드리세요. 길이 열립니다.

Forest Girl's Diary

너 의 숲 이
되 어 줄 게

애뽈 지음

시드앤피드

푸른 숲 의 작은 소녀 가 전하는 위로

잠시 쉬었다 가도
괜찮아요 ————

어렸을 때부터 《피터팬》이라는 동화를 참 좋아했어요. 어른의 삶에서
비켜나 저마다의 동심을 지닌 채 원더랜드에서 즐겁게 살아가는 부분
이 인상적이었는데, 이를 떠올리며 한 장 한 장 정성스레 그린 그림들
이 《너의 숲이 되어줄게》예요.

긴 검은 머리를 가진 한 소녀와 그녀의 친구인 동물들이 함께 살아가
는 푸르고 울창한 숲속. 사계절 다른 숲의 색과 자연 속에서 겪는 천연
의 일상, 밤하늘의 별을 바라보며 떠올리는 순간의 소중한 감성들. 숲
속 소녀는 외부의 정해진 규칙 없이 스스로 하고 싶은 것을 찾아 즐기
며 자유롭게 살아가고 있어요. 분명 초록처럼 편안하고 싱그러운 나날
들이겠지요.

우리는 매일 학교나 직장에 나가 반드시 해야만 하는 일들을 반복하며

살아가고 있습니다. 그러다 보면 자신이 정말 하고 싶었던 일이 무엇인지, 어떤 때 즐거움을 느끼는지 잊고 지내는 경우가 많아요. 그런 현실이 계속되다 보면 어느새 인생의 빛나는 순간들이 언제였는지조차 아무리 생각해도 기억나지 않죠.

그런 순간들이 올 때마다 저는 푸른 숲의 삶을 상상했어요. 하기 싫은 것들을 억지로 반복해야 하는 삶의 얼룩을 지우고, 그림 속 소녀가 되어 숲속 동물들과 즐겁게 뛰놀거나 맛있는 다과를 싸 들고 소풍을 가고, 까만 밤하늘의 별을 바라보며 하루와 '안녕'하는 그런 날들을요. 저와 같이 지금의 삶에 지친 분들에게 《너의 숲이 되어줄게》가 잠시 쉬어갈 수 있는 작은 공원 같은 책이 되었으면 좋겠습니다.

누구에게나 푸른 숲속의 작은 소녀가 숨어 있습니다. 마치 어릴 적 읽던 동화책을 다시 꺼내어 보는 것처럼 이 책이 즐거운 휴식을 전해드리길 바라봅니다.

차례

첫눈처럼 소중한, 추억만큼 따스한 ——— 111

그리운 너에게 ——— 161

《너의 숲이 되어줄게》 비하인드 스토리 ——— 216

초록이 우거진 외딴 숲,
소녀를 따라 숲속 집으로 놀러오세요.

Come and visit the girl who lives in a house in a remote, green forest.

The Girl in the Forest

숲속에
사는 ─── 소녀

풍경을

담아

맑은 날씨.
잔잔한 바람.
나를 바라보는 너의 눈빛…….
오늘의 소중한 순간을 화폭에 담아 기록해요.

With a Beautiful Scenery

It is one fine breezy day,
and your eyes are looking at me.
I capture this precious moment within my drawing.

햇볕 냄새

햇살 좋은 날, 마당에 빨래를 널어요.
뽀송하게 잘 마른 빨래에 밴 햇볕 냄새가
나는 너무 좋아요.

The Scent of the Sun

On a fine sunny day, I hang laundry in the yard.
I love the scent of the sun on dried laundry.

작은 ——— 여름 정원

어느새 탐스러워진 푸른 수국과 색색의 장미, 제비꽃과 물망초.

초여름이면 만나볼 수 있는 싱그러운 작은 정원.

Tiny Summer Garden

With blue hydrangeas, red roses, violets and forget-me-nots,
early summer greets us at the tiny garden.

숲의 소리 ————

여름의 초입.

금세 푸르러진 나무의 잎들이 사부작거리고

이름 모를 산새들이 고운 목소리를 뽐내며 지저귀는 소리.

이따금 작은 동물들이 먹이를 찾느라 나뭇잎을 헤집고

부산스럽게 움직이는 소리를 가만히 듣고 있노라면

꾸미지 않고 자연스러운

숲의 음악이 이런 것일까 싶습니다.

The Sound of the Forest

It's the beginning of summer.

The green leaves are whistling in the wind.

Unknown mountain birds are singing lovely sounds.

To the sound of small animals

looking for food among the leaves,

I come to think that this might be the music of the forest

—natural and unadorned.

내 마음속 무지개

싫었던 일도 우울했던 일도
즐거운 이야기와 웃음 하나면 금방 잊어버리곤 해요.
마음속 하늘에 먹구름이 끼었다가도 금방

무지개가 떠오릅니다.

A Rainbow in My Heart

Happy stories and laughter
release me from all that I hate and all that make me gloomy.
They clear the dark clouds in my heart, leaving a rainbow instead.

함께 걷는

　　길 ────

키 큰 나무들 사이로 곧게 뻗은 숲길을 걸어요.

이따금씩 나무 사이로 나부끼는 시원한 바람을 맞으며

너와 함께 걷는 이 길이

　　　　온통

　　　　사랑스러워요.

Walking Together

We walk among tall trees.
Facing fresh winds coming through the trees.
I just love the way
we walk together.

해바라기처럼 ————

뜨거운 여름 햇살이라도 상관없어요.
때로는 묵묵히 그 자리를 지키고서
가만히 해를 바라보는 사람이 되고 싶어요.
마치 한 송이 해바라기처럼요.

Like a Sunflower

I don't care about the hot weather and the strong sunlight.
Sometimes, I just want to stand still
and look at the sun.
As if I were a sunflower.

수박
먹는 날

먹음직스러운 수박을 두 손 가득 집어 들고
입가에 묻는 것도 모른 채 열심히 먹다 보면
어느새
　　더위도 훌훌 가버려요.

Watermelon Day

While I hold a huge piece of watermelon with both of my hands
and enjoy it without knowing that it's smeared all around my mouth,
the heat leaves my mind completely.

어항을
들여다보면 ————

작게 헤엄치며 돌아다니는 색색의 물고기들과

일렁이는 물결, 보글보글 피어오르는 공기방울.

어항을 가만히 들여다보면,

　　　마치 바닷속에 있는 것 같은 느낌이 들어요.

Looking into the Fishbowl

Colorful tiny fishes swimming about,
tiny waves, and rising bubbles.
I Look into the fishbowl,
and I feel like I'm in the ocean.

쉼표

한 잔

힘들면

잠시

쉬어가도 좋아요.

A Cup Filled with Commas

It's okay to take a break when you're tired.

달콤함이
필요한 날 ————

딸기가 얹어진 생크림 케이크,
딸기 슈크림 빵, 시원한 딸기 스무디……
디저트가 끝없이 생각나는,

오늘은 달콤함이 필요한 날입니다.

In Need of Sweets

A piece of cake with strawberries on top,
a strawberry cream puff, an ice-cold strawberry smoothie . . . .
With thoughts and thoughts of dishes of dessert,
today is a day in need of sweets.

더 높이
높이

푸른 하늘 저 멀리 연을 띄워 날려요.
구름에 닿을 만큼
더 높이요.
높이

Higher and Higher

Let's fly a kite.
Let's fly it higher and higher so that it can touch the clouds.

창가에
앉아 ————

무심코 창가에 걸터앉았을 때
다리가 땅에 닿을 만큼 길었으면.
조금은 큰 실내용 슬리퍼가
딱 맞을 만큼 발이 커진다면.
높은 선반의 물건을 꺼낼 때
까치발을 들지 않아도 될 만큼 충분히 키가 크다면.

그만큼 자라나면 나는
내가 바라는 어른이 되어 있을까요?

Seated on the Windowsill

If my legs were long enough to reach the ground
when I sit on the windowsill,
if my feet were big enough
to fit the slightly big indoor slippers,
if I were tall enough
to reach the shelf without a tiptoe,
would I be a grown-up just as I wished for?

미지의
문

숲에서 거닐던 중 커다란 나무를 만났어요.
이곳은 혹시
다른 세계로 가는
통로가 아닐까요?

Mysterious Door

I stumbled upon a large tree.
Could it be a passage to an unknown world?

Imagination #1

If I Were to Become Rapunzel

If I were locked up inside a tall tower,
I wonder if you'd come for me and climb up my braids,

어떤 상상 #1

만
약

─────

라푼젤이 된다면

만약 내가 높은 탑 속에 갇혀 있다면

너는 나를 위해 머리 타래를 타고 올라와줄까?

어떤 상상 #2

어린왕자와
──── 함께

오늘 밤 우리는 불빛이 반짝이는 도시,
푸른 밤하늘을 지나
네가 사는 행성으로 날아갈 거야.

Imagination #2

With the Little Prince

Tonight, we will pass the city of bright lights,
cross the dark blue night sky, and fly away to your planet.

어떤 상상 #3

밤의 ———— 비행

잠이 오지 않던 밤,
방으로 날아든 피터팬의 손을
나는 선뜻 잡았습니다.

굴뚝이 있는 지붕과 높은 산을 훌쩍 넘고,
수많은 별들을 지나
            푸른 달의 코앞까지
우리는 가볍게 날아올랐습니다.

Imagination #3

Flight of Night

On a sleepless night, Peter Pan flies into my room and I gladly hold the hand he lends,
Over chimneyed rooftops and high mountain tops,
across countless stars and facing the blue moon upfront, we flew adrift with ease.

어떤 상상 #4

소녀와
콩나무 ————

다음 날 일어나 보니
집 앞 공터에 심은 나무가
하늘 높이 자라 있었어요.
나무를 타고 올라가면
어떤 세상이
나를 반길까요?

Imagination #4

A Girl and a Beanstalk

The next morning, the beanstalk in the yard had grown up to the sky,

What kind of world would welcome me if I climbed up to the sky?

Imagination #5

A Suspicious Apple

Is this apple truly safe to eat?

어떤 상상 # 5

수상한 사과 ———

이 사과,
먹어도 되는 걸까요?

어떤 상상 #6

어느 날 작아진
내가 ———

사방에 길이 없는 곳에
갇혀본 적이 있나요?
아무것도 할 수 없는 나는
평소보다 아주 작은 존재처럼 느껴지지요.
그래도 기다려볼 거예요.

길이 있는 곳으로
나를 이끌어줄
그 누군가를.

Imagination #6

When I Feel Small

Have you ever been trapped in a place that has no way out?
I feel very small, incapable of anything. But still, I will wait.
I will wait for someone who will lead me to a way out.

휴
가
를 ——— 떠나요

시원한 바다로 당장 떠나지 못해도 좋아요.

멋진 풍경이 그려진 책의 페이지를 펼치고,

그곳에 있다고 상상해보는 거예요.

푸른 바다가 눈앞에 있는 것처럼

생생하게

떠오를 거예요.

Let's Go on a Vacation

It's alright if we don't make our way to the cool ocean right now.

Open a book with a scenic illustration,

and imagine you are there.

In vivid details,

you will see yourself in front of the blue sea.

어
느　내리던 날
비

하루 종일 비가 계속 내리던 날.
빗방울이 들려주는 음악소리에
가만히
창밖만
바라보았던
우리.

One Rainy Day

On a rainy day,
we stayed next to the window
and enjoyed the song from the raindrops.

비 갠 하늘이 좋아

한동안 계속되던 비가
오늘 아침에서야 겨우 잠잠해졌어요.
빗방울 머금은 숲은
작은 이파리 하나하나
더욱 푸르고 빛이 나네요.

숲속 작은 샘에 비친 맑게 갠 하늘을 보니
반짝 웃음이 납니다.

I Love the Sky After the Rain

The rain had lasted for days,
and finally stopped this morning.
The forest holds the fallen rain,
and each leaf is ever filled with life and light.

I look at the sky, reflected in a small pond,
and I smile with its shimmer.

종이비행기

비록 종이로 접어 만든 비행기지만

불어오는 바람을 타고 푸른 산과 들판을 지나

내 눈이 닿지 않는 하늘 끝까지

자유롭게

　　　날아갔으면 좋겠어요.

Paper Plane

Although it is made of paper,
I hope it rides the wind,
over the mountains and fields,
and reaches the sky above, beyond my sight.

헤어지기
──── 아쉬워

노을 지는 하늘이 유독 붉은 것이
헤어짐을 아쉬워하는
해님의 투정 어린 인사 같아요.

Unwilling to Part

The sky is fiery when the sun sets down
as if the sun is fussing a farewell
for its unwilling parting.

혼자 있기
무서운 밤 ─────

어디선가 불쑥

귀신이 나올 것만 같아 무서운 밤.

그래도 내 곁에 네가 있어서

다행이야.

A Night Too Scary to Stay Alone

I'm scared of ghosts tonight.
But your presence relieves me of any fright.

단 하나의
별

수많은 별들 중
내 눈에 들어오는 단 하나의 별.
알고 있니?

너는 내게 그런 존재야.

The Only Star

The one star that catches my eye
out of countless others.
You know what?
That's what you are to me.

You Are Words of Comfort, You Are a Gift, You Are Love.

너는 위로,

너는 선물,

너는 사랑 ——

완성되지 않은 퍼즐의 마지막 조각처럼

나의 빈틈을 채워주는

너는 위로, 너는 선물, 너는 사랑.

Like the last piece of an incomplete puzzle,

you fill in the missing part of me.

You are words of comfort, you are a gift, you are love.

가
을

――――

느끼기

눈을 감으면 더욱 선명한 푸른 하늘.
가을이 내 위로 가만히 내려앉아요.

Feeling Autumn

The blue sky becomes even clearer when I close my eyes.
Autumn falls and sits upon me.

신
기
한 ──── 소파

가을바람이 솔솔 불어올 때
기대어 앉기만 하면 스르륵 잠이 드는
신기한 소파 이야기를 들어보셨나요.
오늘도 그 소파 때문에 할 수 없이
잠이 들고 말았네요.

Marvelous Sofa

Have you heard of a marvelous sofa
that brings you to sleep
when you sit on it on a breezy autumn day?
Today, again, I gave in to its enchantment
and spent my day in slumber.

닮은 　 찾기
　구름

높고 푸른 가을 하늘, 두둥실 흘러가는 흰 구름 떼.

어느새 당신과 닮은 구름을 찾고 있는

나를

　　발견하곤 해요.

A Look-alike Cloud

Under a flock of white clouds floats about in the blue, autumn sky,
I find myself hoping to discover
a cloud that looks just like you.

붉게 익은 가을

한 입 ─────

빨갛게 잘 익은 사과를 하나둘 조심스레 땁니다.

향긋한 내음에 군침이 돌아

나도 모르게 가을을 한 입

베어 먹었어요.

A Bite of Ripened Red Autumn

I carefully pick a couple of red, ripe apples.

Unable to resist the mouth-watering fragrance,

I took a bite out of autumn.

두 손에 ──── 가을 담기

가을 길에서 만난 붉은 단풍과 은행잎, 도토리, 솔방울 들…….
두 손 가득 가을을 담아 마음속에 간직합니다.
떨어지는 낙엽을 손으로 받으면 소원이 이뤄진다는 말에
우리는 시간 가는 줄 모르고 낙엽 잡기에 열심이었어요.
계절은 금세 지나가도 지금 이 기분은
나에게 즐거운 추억으로 남을 거예요.

Holding Autumn with My Two Hands

Red maple leaves, ginkgo leaves, acorns,
and cones I met on the autumn street . . . .
I hold autumn with my two hands and cherish it in my heart.
"Catch a falling leaf and your wish becomes true", we heard,
so we tried to catch them without being aware of time passing.
The season may swiftly pass, but this feeling will remain
as a happy memory.

가을
비

제법 쌀쌀해진 날씨에
반가운 단비가 찾아왔어요.
단풍은 더 붉고 은행잎은 더 노랗게
내 마음도 함께
젖어들어가네요.

Autumn Rain

When the weather started to get chilly,
a welcomed rain arrived.
With its touch, foliage turns red and ginkgo deepens in yellow.
In turn, my heart soaks in autumn as well.

바람의
노래 ————

가만히 귀 기울여 들어보세요.

나뭇가지의 수많은 잎들이 한들거리는 소리는,

바람이 그들의 몸을 빌려

전하고픈 이야기가 아닐까요?

Song of the Wind

Be still and open your ears.

Could it be that the wind is telling us a story

by rattling the leaves on countless branches?

쿠키를

만들어요

밀가루와 달걀, 설탕과 아몬드 그리고 초코칩⋯⋯.
쿠키를 만드느라 즐거워서 나도 모르게 휘파람이 나와요.
잘 구워진 쿠키를 예쁜 통에 담아 포장하면,
세상에 하나뿐인 맛있는 선물이 될 거예요.

쿠키 한 조각에 당신의 마음도
달달해졌으면 해요.

Let's Bake Some Cookies

Flour, eggs, sugar, almonds, and chocolate chip . . . .
The joy of baking cookies blows whistles out of my mouth.
The tasty cookies that are placed in a pretty tin
will be the only delicious gift in the world.
With a bite, I hope your dreams become sweet as well.

집에서
　　보낸 하루

별다른 일을 하지 않아도 좋아요.
그저 집 안에서 느긋하게 시간을 보낸다면,
그 또한
편안하고
　　행복한 하루가 아닐까요?

A Day Spent at Home

You don't need to do anything special.
Isn't simply relaxing at home
another way to spend a comfortable and happy day?

가을 소풍 ————

하나둘 떨어지는 낙엽들.
울긋불긋 물든 산자락의 굽이굽이.
정성스레 준비한 다과와 함께
가을날의 소풍을 즐겨봅니다.

An Autumn Picnic

Leaves fall down one after another.
Paths crawl on a brightly colored mountain.
Enjoy this autumn picnic
with snacks prepared with love.

노을   저녁
　　지는

"오늘 하루 어땠나요?"
밝은 눈으로 물어보는 노을에게
'오늘은 참 보람찬 하루였어요!'
'충실한 하루를 보냈어요!'
라고 답하기 부끄러워 침묵으로 응대하자
슬그머니 고개 너머로
　　　　　　　사라지고 맙니다.
가만히 창가에 앉아 지는 노을을 바라보고 있노라면
괜스레 마음 한편이 시큰해집니다.

Sun-setting Evening

"How was your day?" cheerfully asked the setting sun.
But I was too embarrassed to say
"I had a fulfilling and productive day"
and instead replied by silence.
Then the sun, also silently, slid away over the hill.
As I sat still by the window, watching him go away,
my heart sank a little in my chest.

한밤의

산책 ───

코스모스가 핀 언덕 너머 꼬불꼬불한 오솔길을 지나
흰 자작나무 숲에 닿아요.
캄캄한 산길을 램프 하나에 의지한 채
걷고 또 걸어요.
당신이
　　내 마음의 빛이 되어주었기에
어떤 어둠도 두렵지 않아요.

A Midnight Stroll

Over the cosmos-covered hills and along the long, winding trails,
I walk into a white birch forest.
Only with a lamp to lead the way,
I walk and walk down the dark forest.
I'm no longer afraid of darkness
for you are the light of my heart.

별을
구경해요

하늘 가득 빛나는 별들은 마치 반짝이는 융단 같아서
시간 가는 줄 모르고 하염없이 바라보아요.
당신도
지금
나와 같은 하늘을 보고 있을까요?

Watching Stars

Looking at the stars shining in the sky like a carpet of glitter,
not knowing how time passes by,
I sit and wonder if we're looking at the same sky right now.

이불 속에서
──── 벗어날 수가 없어요

어느새 밝은 아침이 되었는데도
몸은 아직 침대 위 포근한 이불 속에…….
아무리 노력해도 이불 속에서 벗어날 수가 없어요.
시끄럽게 울리는 알람 시계도,
창문을 두드리는 아침 햇살도 모른 척할래요.
이불 속이 이리도 포근한 걸요?
나는 좀 더 자야겠어요.

Can't Get Out of Bed

The sun has dawned, but I still can't get out of my warm bed.
No matter how hard I try, I just can't get out.
I'll ignore the ringing alarm clock
and the sunlight knocking on my window.
It's so comfortable here in my bed!
Oh well, I'm going back to sleep.

낙엽 쓸기

가을 내내 땅 위로 떨어져 내린 시간의 흔적들.
그대로 두면 앞으로 나아가기 어렵겠지요.
　　　다음 계절을 맞이하기 위해
길 한편으로 쓸어두어요.

Sweeping Fallen Leaves

We sweep aside traces of time
that has piled up all autumn long as we prepare for winter.

숨고 싶은 날

기분이 울적한 하루.

밝은 햇살마저

미운 그 런 날.

Escape

What a moody and gloomy day.
Even the bright sunlight seems obnoxious today.

꽃 ————

꽃은 피어나는 계절이 저마다 다릅니다.
어떤 꽃이든 계절에 따라 제 이름이 불리면
저마다 하나둘 꽃망울을 터뜨리는 법이지요.

걱정 말아요.
당신도 곧
　　꽃피울 때가
　　　올 거예요.

Flowers

Each flower blooms in different seasons.
Every flower takes its turn
when its name is called in its own season.
Don't worry.
You will bloom soon, too.

언덕 위의 나무 ─────

언덕 위 푸른 잎을 자랑하던 아름드리나무 한 그루.

시간이 흘러 어느덧 앙상한 가지만 남게 되었어요.

A Tree on a Hill

A large tree on a hill showing off its green leaves.
But now, as time passed by, only bare branches linger.

Tree story #2

A Cloud Tree

Large cotton clouds drifting in the wind were caught by a branch,
and formed a cloud tree full of white leaves.
The tree with newly born leaves, as if it's happy, waves its branches about.

나무 이야기 #2

구름
___
나무

바람결에 흘러가는 뭉게구름이 나뭇가지에 걸려,
하얀 잎이 무성한 구름나무가 되었어요.
새 잎사귀들을 갖게 된 나무는
기분 좋은 듯 가지를 흔들어 보입니다.

어른이 된다면 ―

어른이 된
나는 어떤 모습일까?

When I Become a Grown-up

What would I be like when I become a grown-up?

아주   보일지라도 ————
    작게만

눈에 보이진 않지만 조금만 시선을 달리하면

느껴지는 것들이 있어요.

마치 바람개비가 도는 것을 보고

바람을

    느끼는 것처럼요.

All the Small Things

Sometimes we can feel the unseen
if we change our perspective.
Just like we can feel the presence of the wind
when a pinwheel spins.

향기로운
사람 ——————

꽃의 향기는 바람이 전하고
사람의 향기는 마음이 전합니다.
멀리 있으면 그립고, 곁에 있으면 행복한 사람.
함께하면 늘 향기로운 따뜻한 사람.
그런 이들이 곁에 있어

오 늘 도
향기롭습니다.

A Lovely Scent

The wind delivers the fragrance of flowers,
and the heart delivers the fragrance of others.
The person I miss when we're apart,
and the person who makes me happy when we're together.
A warm person who brings along a lovely scent.
People with such scent make my day delightful and pleasant.

한 발, 두 발
흰 눈밭에 찍힌 발자국만큼
우리는 그렇게 겨울의 한가운데에 들어와 있었습니다.

A footprint, two footprints,
following each footprint into the white snowfield,
we've arrived at the deep center of winter.

첫눈처럼 소중한,
추억만큼 ────── 따스한

첫눈 ————

겨울에 접어든 것을 축하하는
하얀 꽃가루가 부슬부슬 흩날리더니
어느새 함박눈으로 변해
온 산을 하얗게 덮었습니다.

눈 카펫을 밟으면
뽀득뽀득 기분 좋은 소리가 나서
우리는 내리는 눈을 맞으며
즐겁게 뛰어다녔답니다.

First Snow

White pollen scatters around
and celebrates winter's arrival.
Soon, they turn to a flock of thick snow
and cover the mountain, whole.

We step on the carpet of snow,
and to the peasant crunches below our feet,
we run in joy
under the falling snow.

뜨
개
질
——

햇살 가득한 공간에서
한 올 한 올 뜨개질을 해요.
볕을 닮은 노란색 털실을 골라
한 코 한 코 엮다 보면,
받을 이의 환한 웃음이 생각나
절로 미소가 지어져요.

따뜻한 겨울을 보내길 바라는 마음을
가득 담았어요.

Knitting

In a room filled with sunlight,
I pick up a thread—yellow like a little star,
and start knitting.
With each needle,
I think of the smile when the gift is delivered
and smile along myself.

I also pack my regards
wishing a warm winter inside.

작은 밤 손님 ————

Dear 요정님들
따뜻하게 데운 우유와 다과를 두었으니
맛있게 드시고 테이블 위의 뜨개질거리를
해결해주지 않으시겠어요?

편지를 써두고 잠이 들었는데,
작고 친절한 요정님들이 정말로 밤에 나타나주었어요.
방해가 될까 봐 몰래 바라보다가
살금살금 침대로 돌아갑니다.

Lovely Visitors at Night

"Dear fairies,
I left you some warm milk and cookies.
Help yourself and please take care of
the rest of the knitting on the table?"

I left the letter and went to bed,
and the kind fairies really came out!
I didn't want to interrupt, so after peeking for a while,
I snuck back to bed.

쌀쌀해도 캠핑! ─────

겨울이라 날이 무척 쌀쌀하지만
그래서 캠핑하기 더 좋은 것 같아요.
화로에 고구마와 소시지를 올리고
다 익을 때까지 기다리며 마시멜로를 구워 먹어요.

배가 가득 부르도록 먹고 난 후에 나누는
소곤소곤 비밀 이야기들.
재미있는 시간을 보내느라
밤이 깊어지는 줄도 몰랐네요!

I Can't Give Up on Camping Even If It's Cold!

The winter brings cold weather,
but that makes camping even better.
I put sweet potatoes and sausages on the grill,
and I bake marshmallows while I wait.

After eating as much as I can,
we whisper to each other our secrets.
We have so much fun and joy
that we are unaware of how late the night falls.

책 —————

책 속엔 내가 모르는 세상이 너무도 넓어
이렇게 작은 세계 속의 나는 한참이나 작아 보이지만
한 권,
　　두 권
　　　　읽은 책들이 쌓일수록

나의 작은 생각들도
조금은 성장한 것 같아요.

Books

Books contain parts of the world I never knew.
Although the tiny world I lived in makes me feel even smaller,
each book I read
helps my thoughts grow taller.

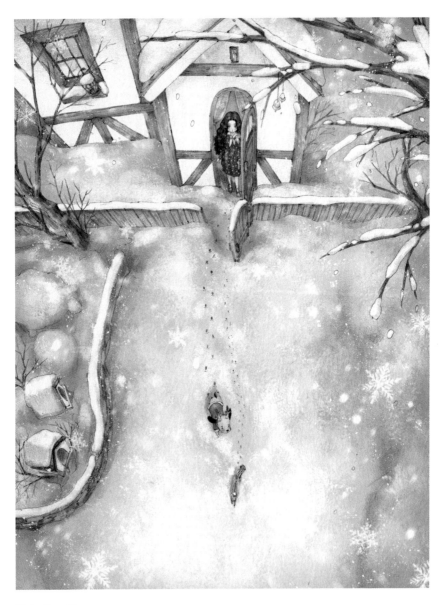

Winter Story #1

A World Covered in White

Early in the morning, I opened the front door,
rubbing my eyes in my pajamas, and found the world covered in white.

겨울 동화 #1

온통 ——— 하얀 세상

이른 아침,
잠옷 바람으로 눈 비비며 나와
대문을 열어보니
세상이 온통 하얗게 변해 있어요.

겨울 동화 #2

눈사람 가족

흰 눈을 뭉치고 굴려
눈사람을 만들어요.
다 함께 힘을 합쳐 만드니
금방 눈사람 대가족이 되었어요.

A Family of Snowmen

I rolled the white snow around and made a snowman.
With our efforts combined, we soon made a big family of snowmen.

겨울 동화 #3

한밤중의
──── 방문

깊은 밤,

작은 노크 소리에 잠이 깼어요.

열린 방문 사이로

빼꼼 고개를 내민 눈사람이 건넨 말.

"밖은 너무 추워서 잠을 잘 수가 없어요."

A Late Night Visit

Deep into the night, I woke up to a knock on the door.
Through the doorway, the snowman peeped in and said,
"It's too cold outside and I cannot sleep".

겨울 동화 #4

따뜻한 ──── 꿈
을
꾸
기
를

추위에 떠는 눈사람을
포근한 이불 속으로 들어오게 했어요.
쉽게 잠을 이루지 못하는 아이를 꼬옥 안아주니
어느새 스르륵 잠이 듭니다.
부디 따뜻한 꿈을 꾸기를…….

Winter Story #4

In Hope of Your Warm Sweet Dreams

I offered the shivering snowman a small spot inside my warm, cozy blanket.

I held the sleepless child in my arms and soon the child fell asleep.

I hope you have a warm, sweet dream.

겨 울 동 화 # 5

다시 ——————
아침

포근한 밤이 지나고 다시 아침.

창을 통해 들어오는 햇살에 잠이 깼어요.

침대 옆자리에 잠들었던 눈사람은 온데간데없이,

내가 걸어준 모자와 목도리만 남아 있었어요.

어느 겨울 아침의

일이었습니다.

Morning Comes Again

A cozy night passed and morning came again. I woke up to the sunlight, coming through the window. The snowman in my bed had already left—only the hat and muffler I had provided remained. This all had happened on one fine day of winter.

따뜻한 ————

터틀넥 니트

참 신기한 일이에요.
목을 덮는 것만으로도
추위가 저 멀리 사라지는 느낌이거든요.
당신의 손만 잡아도
마음이 따뜻해지는 것처럼요.

A Warm Knit Turtleneck Sweater

It's so amazing.
Just by covering my neck,
it feels as though the cold retreats away.
Just like holding your hand
warms up my heart.

그
늘

———

내리쬐는 햇볕 사이로 작은 그늘이

살포시 내 두 눈을 가려주면

나는 편안히 잠을 잘 수 있어요.

그   그 늘   속 에 서.

The Shade

When a small shade forms between stripes of sunlight,
and softly covers my eyes,
I can fall asleep in ease,
behind the shade.

한
밤
의 눈소식 ————

잠이 오지 않아 뒤척이던 밤
문득 창밖을 바라보니
소리 없이 눈이 내리고 있었어요.
급하게 잠옷 위에 겨울 외투를 걸쳐 입고
소복이 쌓인 눈길을 걸었습니다.

한 발, 두 발 흰 눈밭에 찍힌 발자국만큼
우리는 그렇게 겨울의 한가운데에 들어와 있었습니다.

Snowy Winter Night

That night, I couldn't sleep and turned in bed.
Then, I looked out the window and it was snowing.
I quickly wore a coat over my pajamas
and walked on the fresh snow.

A footprint, two footprints,
following each footprint into the white snowfield,
we've arrived at the deep center of winter.

오
늘
의

일
기

색이 고운 파란 물감으로 하늘을 담고

그곳에서 뛰놀던 우리 모습도 담아

정성스레 깎아둔

색색의 연필들로 겨울의 숲을 그려요.

작은 글씨로 일기를 씁니다.

내일도 오늘처럼 좋은 일만 가득하기를.

Today's Diary

I'm coloring the sky with fine blue paint
and drawing the winter forest with colorful pencils
that I've sharpened.

After I finish the moment we played with each other,
I add today's diary in small letters.
I hope tomorrow is a delightful day like today.

함께해요, 크리스마스 ————

색색의 오너먼트로 장식한
크리스마스트리와 울긋불긋한 갈런드,
손수 준비한 맛있는 음식들.
눈 내리는 창가, 따뜻한 벽난로 옆에서 친구들과 함께
즐겁게 크리스마스 파티를 해요.

매일이 크리스마스라면 얼마나 좋을까요?
이렇게 다 함께 모여 매일매일 파티를 할 수 있잖아요!

Together on Christmas

Colorful ornaments decorating the Christmas tree, bright garlands,
and home cooked dishes.
Next to a snowy window, in front of a warm fireplace,
I have a fun Christmas party with my friends.

How nice would it be if every day were Christmas? We can
gather every day and party like this!

겨울나무 사이로

친구란 말하지 않고 눈빛만으로도
서로가 무슨 마음인지 알 수 있는 존재예요.
나무 사이로
　　비추는 해가
유독 따스한 오후였어요.

Through the Winter Trees

Friends are those who don't need words
and can understand each other with a single glance.
The sun shining through the trees was warmer than ever that
afternoon.

아프지 말고 ————

내가 대신 아플 수만 있다면 좋을 텐데…….

당신이 아플 때면
내 마음이 무너져 내리는 것 같아요.

부디 아프지 말아요.

Don't Be Sick

I wish I could be sick in your place.
My heart breaks when you're sick.
Please, please, don't be sick.

마
카
롱

/ 그네

달콤한 마카롱을 한 입 깨물면,
하늘 높이 그네를 타는 것처럼
행복한 기분이 입안에 가득해요.

A Macaron Swing

When I take a bite of a sweet macaron,
happiness fills my mouth
like I'm riding a swing sky high.

초록을
　불러내요 ─────

겨울에 보기 힘든 푸른 나무들이 그리워
방 안에 초록을 불러냈어요.
녹색으로 가득 찬 방이
작은 숲속처럼
느껴집니다.

Calling for Greens

I missed the green trees
that went to hiding during winter.
So I called for greens to come to my room.
My leafy room now feels like a small forest.

별빛 담은 ──

오늘 하루도 수고한 당신을 위해 반짝반짝 빛나는
밤하늘의 저 별들을 치마폭에 담아볼게요.

눈을 뗄 수 없는 반짝임을 바라보며
당신의 지친 마음도 다시
빛을 찾기를.

Filled with Starlight

For you, who worked hard again,
twinkling stars in the sky, I'll try to collect.
After you look into the enchanting light,
I wish your tired heart glows again.

푸른 밤과 새벽 사이 ————

문득 잠에서 깬 밤.
나는 다시 잠들려 애쓰지 않고
두터운 외투를 걸치고서 작은 언덕에 올랐습니다.
흰 입김을 내며 오른 언덕 위에는
까만 밤이 지나고 새벽을 맞이하는 하늘이
아직 얼굴에 잠이 묻어 있는 나를 완연히 깨웠습니다.

푸른 밤과 새벽 사이,
새로 태어난 아침은 희미한 빛을 내며
조금씩 나에게로 오고 있었습니다.

Between a Blue Night and Dawn

I woke up in the middle of the night.
I didn't try to go back to sleep again,
but took my overcoat and climbed the hill.
On top of the hill, the sky that had sent off the blue night
and met with dawn brushed off my lingering drowse.

Between a blue night and dawn,
the newly born day softly glows and comes to me slowly.

올해의
마지막 일기 ————

손에 익은 일기장을 펼치고
올해의 마지막 일기를 써 내려가요.
올해에는 정말 고맙고 행복한 일들이 많았지요!
다가올 새해에는 어떤 이야기들로 일기장을 채울까
벌써부터
두 근 두 근 해요.

The Last Diary of This Year

I opened my favorite diary
and started to write down the very last diary of this year.
Lots of happy things have happened in this year!
And I'm so excited to start up a new diary with happier stories
in the upcoming year.

새해의

소망을 빌어요

한 해의 소원을 풍등에 담아
하늘 위로 올려 보내요.
어두운 밤하늘 위 가득 찬 풍등들이 하나둘 모여
별빛처럼 환하게 나의 마음속에 들어옵니다.

저마다 품고 있는 따뜻한 소망들,
올해엔 꼭 이루어지기를…….

Making My New Year's Wish

I write my new year's wish inside a sky lantern and fly it away.
The night sky gathers the lanterns and lights up my heart
like a sky filled with stars.

Warm wishes kept in each heart.
I hope they all come true this year . . . .

얼마만큼 컸나요?

어릴 때는 벽에 등을 대고 서서 매년 키를 재보았지요.
키는 그때처럼 쑥쑥 크지 않을지라도,
마음은 작년보다 한 뼘 더 자랐으면 좋겠어요.

올해 당신의 꿈은 얼마나 자랐나요?
한 해 동안 당신의 마음은
얼마나 넓어졌나요?

How Much Did You Grow?

We all used to lean against the wall and measure our height.
Although our height doesn't grow as much,
I hope our hearts will grow more than it did last year.

How much did your dreams grow this year?
How much did your heart grow in kindness?

Dear.spring

그 리 운 ——— 너 에 게

따스한 햇볕과 신선한 공기,

연둣빛 싹과 색색의 꽃들, 나비, 푸른 숲의 나무들.

그리운 봄에게 편지를 씁니다.

어서 네가 오기를.

Warm sunlight and fresh air,

greenish shoots and colorful flowers, butterflies,

and the trees in a deep forest.

I write a letter to spring.

I hope to see you very soon.

파랑새가
물고 온 소식 —————

겨우내 잠들어 있는 숲이 깨어나
온 산에 색이 입혀질 무렵.
저 멀리서 날아오른 푸른 새 한 마리가
입가에 작은 봄소식을 물고 나에게로 옵니다.
이제 이만큼이나
봄이 가까이에 왔다고.

News From a Blue Bird

By the time the forest wakes up from its slumber
and colors itself with green,
a blue bird comes flying towards me.
It carries the news of spring in his beak —
to show how close spring has come.

산들바람

포근한 바람결,
민들레 홀씨를 타고

내 마음도 두둥실
날아오릅니다.

The Breeze

A cozy wind blows.
My heart rides on dandelion spores
and floats about.

봄꽃
시계 ————

하나둘 피어나는 꽃들이 봄을 알려요.
꽃은 봄의 시계.

지금은 몇 시의
꽃이 피어나고 있을까요?

A Clock of Spring Flowers

Blooming flowers are telling us that spring is coming.
Flowers are the clock of spring.
I wonder flowers of what time are blooming now?

유리병 속의 봄 ————

따스한 봄이 벌써 와서 시샘이 났는지
저문 오후 바람은 유독 거세게 불었습니다.
바람이 지나간 자리, 봄기운이 탐스럽게 어린 꽃나무에
가지 하나가 꺾여 있는 것을 그냥 두기 안쓰러워
두 손으로 보듬어 집 안으로 데려왔습니다.

비록 꺾인 꽃나무 가지지만, 작은 유리병에 꽂아두니
집 안 가득 싱그러운 봄기운이 채워집니다.

Spring Inside a Glass Bottle

As if it's jealous that spring is already here,
the evening wind was especially harsh.
Where the wind had passed by,
on a young tree where spring abounds,
I couldn't ignore a broken branch of flowers
and brought it home gently in my hands.
Although it was a broken branch of flowers,
I put it in a small glass bottle with water.
The house is now filled with fresh spring air.

소풍 가기 ————
　전날

신선한 과일과 채소, 세모 반듯한 샌드위치,
노릇노릇 구워진 쿠키와 빵을
아끼는 도시락 통에 예쁘게 담아요.

소풍을 떠나는 날만큼이나
소풍 전날도 즐거워요.

The Day Before a Picnic

　　Fresh fruits, vegetables, a sandwich in a tidy triangle,
　　and cookies and bread baked in golden crisp —
　　I neatly place them in my favorite lunch box.
　　The day before a picnic is
　　just as exciting as the picnic itself.

포근한

오후

봄빛 담요 위에 누워 나른한 오후를 보내요.

감은 눈 위로 아른거리는 햇살과

방금 읽은 책의 구절이 머릿속을 맴도는

포근한 오후를요.

아무것도 하지 않아도

완벽한 순간이에요.

A Cozy Afternoon

I lay on a blanket of spring and spend a cozy afternoon.

Over my closed eyes, the sunlight dances.

In my mind, passages of the book I just put down pounces.

What a cozy afternoon.

Without me doing anything special,

I lay in this perfect moment.

마주 보기 ————

바라만 봐도
기분 좋아지는
너의 얼굴.

Facing Each Other

Your face that delights me by mere sight.

솜사탕을 / 타고

솜사탕을 닮은 폭신한 구름을 타고
바람이 안내해주는 대로
어디론가 훌쩍
떠나고 싶은 날.

Riding on Cotton Candy

I want to ride on a cloud as fluffy as cotton candy
and depart to wherever the wind takes me
on a day like today.

거울
호수 ─────

잔물결 하나 없이 고요한 호수는 거울처럼 깨끗해서
머리 위의 하늘이 그대로 비쳐요.

그렇게 한참이나
시간 지나는 줄 모르고
호수 속 구름이 지나는 것을
들여다보고 있었습니다.

A Mirror Lake

The lake, still and free of ripples, is as clear as a mirror —
it has a lucid reflection of the sky above.

For quite a while,
unaware of time passing by,
I stood and watched the clouds
pass by inside the lake.

기억을
담아

즐겁고 소중한 기억을

유리병에 담아

보관할 수만 있다면.

Keeping Memories

If only I could keep joyful and precious memories
inside a glass bottle.

나만의 정원 ————

집 안 작은 공간에
나만의 정원을 만들어보는 건 어떨까요?
푸른 산세베리아와 향기로운 로즈메리,
길게 잎을 늘어트린 아이비와 선인장 화분들.
자그마한 탁자와 의자를 놓아두면
금세 멋진 홈 카페가 만들어져요.
싱그러운 식물들 속에서 느긋하게 차 한 잔을 마시면
조금은 지쳐 있던 내 마음도
어느새 편안하고 따뜻해져요.

A Garden of Your Own

How about making a garden of your own
in a small part of your home?
Blue sansevierias and fragrant rosemaries,
ivies stemming long and cacti placed in pots.
If you add a small table and some chairs,
you can easily complete a nice home cafe.
And if you drink a cup of tea surrounded by fresh plants,
you'll soon be relieved of your small burdens,
and feel calm and relaxed.

봄 그림
액자 ─────────

연둣빛 새잎과 노랗고 붉은 봄꽃이
바람에 산들거리고
작은 나비와 산새들이 활기차게 오가는 풍경.
창문을 열고 풍경을 바라보고 있으면
마치 봄을 그린 커다란 그림 액자가
걸려 있는 것만 같아요.

A Painting of Spring

A scene of young, green leaves
and spring flowers of yellow and red rustling in the wind,
and small butterflies and mountain birds restlessly flying about.
When I open the window and look at this scene,
it's as if a large painting of spring
were hanging on my wall.

뒹굴
　뒹굴 ————

푹신한 침대 위에 배를 깔고 엎드려
보고 싶은 책을 뒤적거리거나
당신과 사소한 잡담을 하며 오후를 보내요.
문득 졸리면 한숨 자고,
자고 일어나면 또 뒹굴거리고.

아마도 저녁 먹을 시간이 되어서야
침대를 벗어날 수 있을 것 같아요.

Lolling Around

On my soft bed, I lie on my stomach.
I spend the afternoon skimming through a book of my interest
and sharing some small chats with you.
When I feel sleepy I take a short nap,
and when I wake up I carelessly loll around.
Only when it's time to have dinner is
when I think I can escape from my bed.

여행을 떠나요 ————

햇볕을 가릴 모자와 활동하기 편한 옷차림,
작은 카메라와 지도, 비를 막아줄 우산 등을
가벼운 배낭에 챙깁니다.
하루 종일 화창하다고는 하지만 혹시 모르는 거니까요.

눈에 익지 않은 지도를 살피며
당신과 여행할 시간이 벌써부터 신나고 기대됩니다.
어디든 당신과 함께라면
분명 즐거운 여행이 될 거예요!

Let's Leave for a Trip

A sun hat, a comfortable wear for activities, a small camera,
a map, and an umbrella for unexpected rain are all packed
in my light travel bag.
Although I heard it would be sunny all day,
you never know how it's going to be.

I think of us reading an unfamiliar map,
and I'm already excited about traveling with you.
If it's with you, wherever it may be,
the trip will be filled with joy and excitement!

졸음 이불

봄의 오후.

눈꺼풀 위로 주홍빛 햇볕이 아른거리는 시간.

새털처럼 가볍고 포근한 졸음이 내 눈을 덮어요.

Blanket of Drowsiness

An afternoon in spring.
The hour of scarlet sunbeams gleaming over my eyelids.
Drowsiness—light and soft as a feather—comes down and covers
my eyes.

등나무
꽃 ───────

오솔길에서 만난
보랏빛 흐드러지게 핀 등나무 꽃.
꽃의 색에 취해, 향기에 취해
나도 모르게 한참을
그 아래에 서 있었습니다.

Wisteria Flowers

Wisterias of fully bloomed purple hues greet at a trail.
Immersed in their color, immersed in their scent,
I lost myself standing under them for a long while.

끈

때론 잡지 못할 그 무언가를 바라고 또 바라
안 되는 걸 알면서도 그 끈을 놓지 못합니다.

손을 놔버리는 것이
          마음 편해질 길인 걸 알면서도요.

The String

At times, I yearn for something out of my reach.
I refuse to let go of the string that leads to it,
although I'm aware of the comfort of letting go.

밤하늘 스노볼

너와 나 함께 바라보는 저 밤하늘을
마음속 스노볼에 간직해두었다가
시간이 지나면 그때 다시 꺼내어 봐요.
흩뿌린 듯 아름다웠던 별들의 반짝임,
그 순간을.

A Snow Globe of the Night Sky

The night sky we gazed upon together,
I cherish inside a snow globe in my heart.
I bring it out from time to time and see
that moment of the twinkling stars, scattering about.

달에서 온 초대장 #1

마당에 떨어진 / 별똥별

어느 날 밤,

집 앞 마당에 떨어진 작은 별똥별은

달에서 보낸 초대장이었어요.

Invitation from the Moon #1

A Shooting Star in the Yard

The shooting star that fell one night in the yard
was an invitation from the Moon.

Invitation from the Moon #2

A Journey to the Moon

After I hung a shooting star above my small bath tub,

its fellow stars gathered around its presence.

The tub, as if it were a small boat, followed the stars and flew up into the sky.

달에서 온 초대장 #2

달로 떠나는
여행 ————

작은 욕조에 별똥별을 매달자
주변으로 친구 별들이 모여들었어요.

욕조는 마치 작은 배처럼
별들이 이끄는 대로 하늘을 날아갔습니다.

달에서 온 초대장 #3

은
하
수 다리 ————

한참을 날아올라

우리는 은하수 다리에 도착했어요.

욕조에서 내려와

한 발짝

　　한 발짝

　　　　달을 향해 걸어갑니다.

Invitation from the Moon #3

The Milky Way Bridge

We flew up and up for a while and arrived at the Milky Way bridge.
After climbing out of the tub, we approach the Moon, step by step.

달에서 온 초대장 #4

환영인사

은하수 다리를 건너

드디어 달에 도착했어요.

긴 망토와 왕관을 쓴 토끼와 일꾼 토끼들이

마중 나와 우리를 환영해주었어요.

Invitation from the Moon #4

A Greeting

We cross the Milky Way bridge and finally reach the Moon.
A crowned rabbit in a long cloak and its servants come out to greet us.

달에서 온 초대장 #5

별꽃놀이 ─────

토끼들은 갓 지은 떡과 향긋한 차를 내와
우리와 함께 티타임을 가졌어요.
멋진 풍경을 보여주고 싶어 우리를 초대했대요.

하늘 위를 수놓는 별꽃놀이를 보며
밤이 깊도록 즐거운 대화를 이어나갔답니다.

Fireworks of Stars

The rabbits serve us fresh rice cakes and fragrant tea, and join us in tea time.
They invited us to share a great view, they say. We kept chatting deep into the
night looking at the fireworks of stars that embroidering across the sky.

꿈의
바다 ————

언제 잠이 들었는지도 모르게 꿈속에 빠져든 밤.

나는 검푸른 밤바다 위 흩뿌려진 별빛 속을

조용히 노를 저어 떠나는 항해자였습니다.

지금 어디에 있는지, 어디로 가는지도 모른 채

별이 가득한 바다를 하염없이 항해하다가

꿈속이란 걸 알면서도 또다시 잠에 드는

그런 꿈을 꾸었습니다.

The Ocean in a Dream

A night submerged in a dream, unaware of falling asleep.
In the starlight scattered on top of dark waters,
I was a sailor, calmly rowing across.
Oblivious of where I was, or where I was headed,
I ceaselessly sailed across an ocean full of stars.
But knowingly, I followed the dream and continued my slumber.

슬픔이 드리울 때

언제나 행복한 날들만 있는 건 아니에요.
우울과 슬픔, 몇 방울의 눈물과 속상한 마음.
살면서 가끔씩 그런 날도 있는 거죠.

그래도 볼에 흐른 눈물을 아무렇지 않게 슥 닦고
웃어 보일 수 있는 것은
슬픔에 빠진 나에게 따뜻한 손길을 건네던
걱정스러운 얼굴을 한 당신이 있어서예요.

When Sadness Befalls

All days cannot be of happiness.
Gloominess, sadness, tears, and an upset heart—
you can't help but encounter days like these, too.
But I'm able to wipe tears from my cheeks
and show a smile
because of the warm hand you lent me
and the worried face you've shown me when I was sad.

너의

안식처

힘들 땐 내 품에 안겨도 좋아.
때로는 네가 기대어 쉴 수 있는
안식처가 되고 싶어.

A Shelter for You

You can enter my arms when you're troubled.
A place you can lean on and rest,
I want to be a shelter for you.

꽃 내리던 날
비

비록 꽃잎이 지더라도 우리 슬퍼하지 말아요.

꽃이 지고 난 자리엔

곧 반짝이는 푸르른 잎이

돋아날 테니까요.

A Day of Floral Rain

Let us not mourn the falling petals of flowers.
Where the flowers had withered,
leaves of green will shimmer
and start to bud soon.

《너의 숲이 되어줄게》

비하인드 스토리————

일러스트레이터 애뿔
INTERVIEW

1 | 숲속 소녀의 이야기와 캐릭터의 디테일한 모습은 어떻게 탄생하게 되었나요?

《너의 숲이 되어줄게》는 어렸을 때부터 좋아했던 동화를 추억하면서
그리기 시작했어요. 거기에 제가 일상에서 겪는 일들, 즐거운 경험, 저
만의 상상력을 더해 아기자기한 이야기를 만들어나가게 된 거죠. 소녀
가 입은 옷이나 주변 인테리어의 경우, 주로 제가 갖고 싶은 아이템들
을 상상해서 그려요. 생각이 잘 떠오르지 않을 땐 마음에 드는 게 나올
때까지 자료 조사를 많이 하죠. 특히 옷이나 가방,
침구, 쿠션, 커튼 등을 그릴 때 어울리는 패턴과
디자인을 고심해서 그려요.

2 | 작가님의 화풍이 독특한데, 주로 어떤 도구를 사용해서 그림을 그리시나요?

라인 드로잉은 샤프로, 채색은 모두 포토샵으로 하고 있어요. 초반에는 모든 과정을 컴퓨터로 해보려고 했지만, 연필선 같은 경우에는 손맛을 무시하지 못하겠더라고요. 또 손에 익숙한 걸 계속 사용하는 타입이라 10년째 같은 브랜드의 샤프와 드로잉 북을 사용하고 있어요. 샤프는 잃어버리면 같은 제품을 사고 또 사기를 반복하고 있네요.

3 | 그림을 잘 그릴 수 있는 작가님만의 비법이 있을까요?

하루에 단 30분만이라도 시간을 내서 지속적으로 그림을 그려나가는 것이 중요해요. 그러다 보면 어느 순간 실력이 확 늘기도 하고요. 그리고 그림을 다른 사람에게 자주 보여주고 피드백을 얻는 것도 중요해요. 그림이 단순히 혼자만의 취미가 아니라면요.

꾸준히 그림을 그리는 습관을 들이는 게 가장 좋다고 말했지만, 저에게도 쉬운 일만은 아니에요. 저는 집에서 주로 작업을 하는 편인데 집중이 안 될 때는 카페에 가요. '커피 한 잔에 그림 한 장'을 목표로 그리다

보면 어느새 몇 장이 완성되어 있더라고요. 밤잠이 많아서 밤에는 작업을 안 하고, 오전부터 오후까지 규칙적으로 시간을 정해두고 그림을 그리는 편이에요.

4 | 일러스트레이터로서의 삶은 어떤가요? 앞으로의 꿈이 있다면요?

다니던 회사를 그만두고, 그림을 그리기 시작한 이후로 예전보다 수입이 많지는 않아요. 다른 사람들은 프리랜서라고 부러워하지만, 바로 그 자유로움이 단점으로 다가오기도 합니다. 나태해지기가 쉽거든요. 일거리나 수입이 일정하지 않아 시간 배분과 돈 관리를 잘해야 일러스트레이터 생활을 오래 이어나갈 수 있어요. 하지만 그런 단점들에도 불구하고, 제가 그리고 싶은 것들을 자유롭게 그릴 수 있어서 만족하고 있어요.

앞으로의 제 꿈은, 지금처럼 제가 그리고 싶은 그림을 할머니가 되어도 계~속 그리며 사는 거예요.

창작자를 위한 플레이그라운드

GRA
FOLIO